Ein Spaziergang • Die Puppe ohne Kopf

Irene Müller • Dietmar Schwenck
Ein Spaziergang • Die Puppe ohne Kopf

Bibliografische Information der Deutschen Nationalbibliothek
Die Deutsche Nationalbibliothek verzeichnet diese Publikation
in der Deutschen Nationalbibliografie; detaillierte bibliografische Daten sind im Internet über http://dnb.d-nb.de abrufbar.

© 2015 Dietmar Schwenck, Irene Müller
Illustrationen © Dietmar Schwenck und Irene Müller
Umschlagdesign, Satz, Herstellung und Verlag:
BoD – Books on Demand
ISBN 978-3-7357-3193-7

Irene Müller
Ein Spaziergang

Mit Bildern von Dietmar Schwenck

Am Anfang der Straße war eine helle Mauer, auf der etwas geschrieben stand, das kaum noch zu lesen war. Darunter wuchs aus einer Spalte ein kleines Farnkraut. An einem späten Vormittag im Herbst ging dort ein großer dünner Mann vorbei, mit kurzen rostroten Haaren, langer gebogener Nase und kleinen tief liegenden, hellen Augen, die fast so hell waren wie die der Dohlen, von denen sich einige in der Nähe aufhielten. Eine von ihnen hatte ein buntes Stück Papier gefangen. Als sie es wieder losließ, tanzte es eine Weile sanft über seinem Schatten, bis es sich dort ausruhte. Der große rothaarige Mann trug eine dunkelblaugrüne Sammetjacke, an der keine Fusseln hingen.
Er schien etwa fünfzig Jahre alt zu sein und es nicht sehr eilig zu haben. Vor einem schmalen, hohen Haus mit offenen Fenstern kam ihm auf einem Fahrrad ein dickes blondes Kind mit

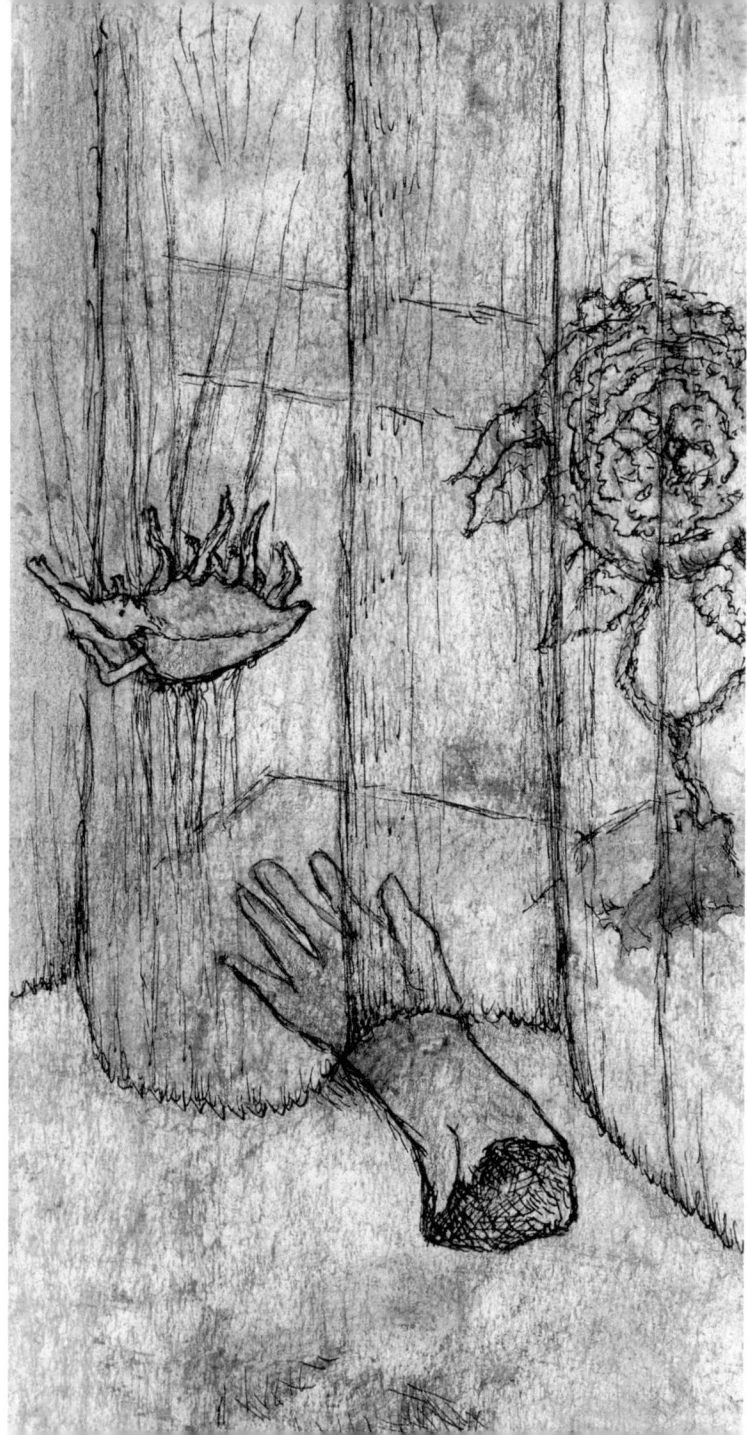

roter Strumpfhose und lila Kleid entgegen, das ihn gar nicht beachtete. Später fiel ihm plötzlich eine frühere Lehrerin ein. Die hatte auch mal ein lila Kleid angehabt, aber mit kleinen hellen Blümchen und einem roten Gürtel. Und besonders beachtet hatte die ihn auch nicht.

Er versuchte sich vorzustellen, wie sie jetzt wohl aussehen würde und ob sie überhaupt noch lebte. Damals war sie etwa fünfunddreißig Jahre alt und er zwölf. An einem Laternenpfahl klebte ein Zettel mit der Nachricht, dass ein rot getigerter Kater vermisst wurde. Er besaß früher auch einen solchen Kater, an dem er eines Tages ein Stückchen vom Ohr vermisste. Im Vorgarten hinter dem Laternenpfahl blühte noch eine rosarote Rose. Vielleicht duftete sie sogar, aber sie fiel dem Mann gar nicht auf, weil er gerade zur anderen Straßenseite hinüber sah, wo eine ältere Frau im blauen Mantel vorbei ging, die ihm irgendwie bekannt vorkam. Er konnte sich aber nicht erklären, woher. Den kleinen grünen Rüsselkäfer an der Rose hat derweil niemand bemerkt. Und wohl auch den schwarzen Handschuh nicht, der auf der Straße lag und ebenso wenig das Gesicht hinter der Gardine, wo auf den Stufen

des Nachbarhauses zwei junge Mädchen mit bunt gefärbten Haaren saßen und sich über Vorbeigehende amüsierten. In dem 3-stöckigen Haus an der Ecke schien niemand mehr zu wohnen, und es waren auch keine Gardinen mehr an den Fenstern. Nur eine Holzkugel lag noch auf einer der unteren Fensterbänke.

Aus einer Ritze neben der Treppe wuchs eine Löwenzahnpflanze, hinter der eine kleine blaue Glasmurmel versteckt lag. Ein hohes Eckhaus in Leipzig schien schon seit Jahren ebenfalls nicht mehr bewohnt zu sein, aber wenn der große rothaarige Mann damals im Dunkeln daran vorbei ging, war ganz oben im 5. Stock manchmal ein Fenster erleuchtet, und er hatte versucht, sich vorzustellen, wie es sein mochte, da hinaufzugehen, vorüber an all den leer gewordenen Wohnungen. Er war nie da oben gewesen, und er wusste auch nicht, dass auf der Fensterbank eine blaue Flasche stand, und dass auf dem runden Tisch daneben drei Bücher lagen, von denen das eine anfangs gleich mehrmals gelesen worden war und dann nie wieder. In der Wohnung darunter stand noch ein schwerer Ebenholzschrank, auf dem einige Briefe lagen und zwei Fotos. Hier hatte ein

rot getigerter Kater gelebt und eine Frau, die oft leise lachte, wenn sie alleine war. Diesem Haus gegenüber befand sich eine weiße Villa, die lange zum Verkauf angeboten wurde, und in den Bäumen davor waren Dohlennester.

    Jetzt kam hinter dem unbewohnt scheinenden Eckhaus aus der Nebenstraße ein schwarzes Auto, das ihn an einen Traum aus der vorletzten Nacht erinnerte. Darin war auch so ein schwarzes Auto vorgekommen, aber mit einem leichten blaugrünen Schimmer an einer Seite wie auf dem Gefieder der Elstern und Krähen. Erst hatte es am Waldrand gestanden vor den hohen Kiefern, zwischen denen der Himmel rötlich schien, und in ihm hatten nur ein großer bunter Ball gelegen und eine Stoffpuppe. Dann war es am Meer hinter dem Deich aufgetaucht, wo aber keine Möwen mehr waren. Ein hohes graues Gebäude hatte da auch gestanden, das sich aber bald in Wolken auflöste, und als das schwarze Auto verschwunden war, waren da plötzlich wieder ein paar Möwen und bevölkerten das Wolkenhaus. Während der rothaarige Mann am letzten Modegeschäft in der Gegend vorbeikam, bereitete sich hinter einer Hecke in der Nähe ein Igel durch fleißiges Fressen auf

den Winterschlaf vor. In der vergangenen Nacht war ihm eine Grille gerade noch entwischt. Auf der Terrasse daneben las eine Frau derweil in der Biografie eines ziemlich dicken Musikers, der in Russland aufgewachsen war und danach noch ziemlich lange dort gelebt hatte.

In dem Modegeschäft waren einige lange, weite Kleider ausgestellt, in verschiedenen, zumeist dunklen Farbtönen mit zarten, hellen Ornamenten und Punkten. Und es hing da ein blauer Hut mit Federn, die mal einem Paradiesvogel gehört haben könnten. Und darunter standen ein Paar spitze, leuchtend rote Schuhe. Das kleine dicke Mädchen in dem lila Kleid und der roten Strumpfhose blieb auf dem Rückweg von irgendwoher erst eine Weile vor dem Modegeschäft stehen, fuhr aber bald weiter und verschwand kurz vor dem Ende der Straße in einer Toreinfahrt. Daran stand auf einem blauen Schild die Nummer 32. Diese Zahl stand auch auf der gerade aufgeschlagenen Seite der Biografie über den in Russland aufgewachsenen Musiker, auf der es um das Ende seiner Kindheit ging. Auch das Schließfach im Bochumer Hauptbahnhof, in dem schon seit Tagen ein kleiner brauner Koffer eingeschlossen war, trug

diese Ziffer. Als der rothaarige Mann bei der Hausnummer 32 angekommen war, ging auf der anderen Straßenseite vor den beiden Mädchen mit den bunt gefärbten Haaren, die auf der Treppenstufe saßen, eine Person vorbei, bei der ihnen nicht mehr zum Lachen zumute war.

In diesem Moment wurde das Buch mit der Biografie zugeschlagen, die leise Musik, die derweil durch die Tür dahinter gekommen war, hörte wenig später auf, und das kleine dicke Mädchen ein paar Häuser weiter bekam plötzlich ein bisschen Angst vor dem Ende seiner Kindheit, und der rothaarige Mann sah in einem schmalen Vorgarten einen großen bunten Ball liegen, der ihn wieder an das schwarze, blaugrün schimmernde Auto im Traum erinnerte, in dem auch so ein Ball gelegen hatte. Kurz vor dem Haus mit den hohen, schmalen Fenstern kam ihm eine große dicke Frau entgegen, mit rot gefärbten Haaren, sehr viel dunkler als seine und ziemlich lang. Unter einem kurzen Mantel trug sie ein fast schwarzes Kleid mit tiefem Dekolleté und eine Kette mit einem tropfenförmigen, türkisfarbenen Anhänger, der fast dieselbe Farbe hatte wie ihre dunkel umschminkten Augen. Ihr Mund war sehr rot,

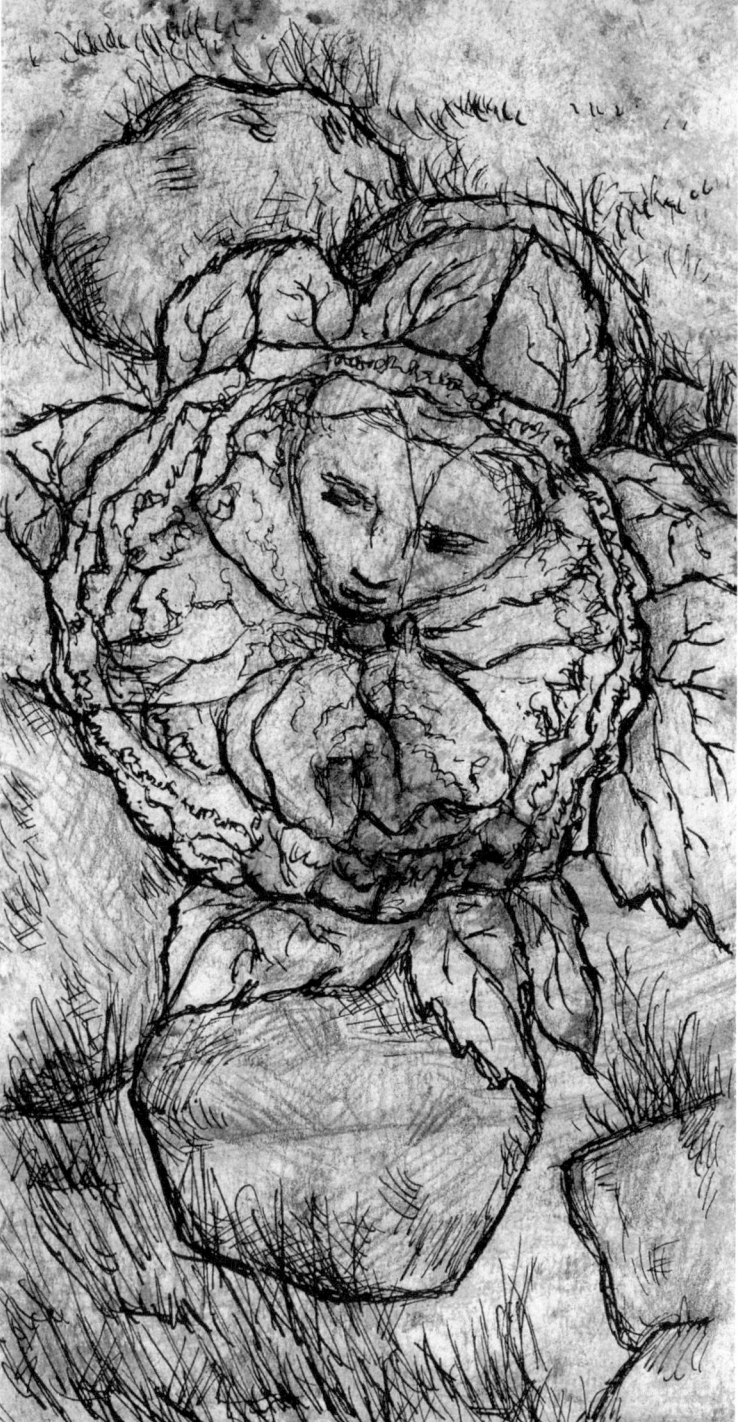

und daneben saß ein winzig kleiner Leberfleck. Sie hatte einen kleinen braunen Koffer bei sich, der dem im Schließfach sehr ähnlich sah.

Als Kind hatte sie in Leipzig in der später zum Kauf angebotenen weißen Villa gewohnt, gegenüber dem Haus, in dem nach Jahren manchmal abends nur ganz oben noch ein Fenster erleuchtet war. Vielleicht hatte sie damals nach und nach das Ausziehen der Mieter miterlebt. Jedenfalls hatte ihr einer zum Abschied ein Buch geschenkt, mit einem blühenden Apfelbaum vorne drauf. Irgendwann war sie nach Hamburg gezogen und wohnte dort schließlich ganz in der Nähe der Alster. Vielleicht lebte sie da auch jetzt noch und war nur zu Besuch in diese Gegend gekommen. Ihr wäre vielleicht die rosarote Rose in dem einen Vorgarten aufgefallen, aber wohl kaum der kleine grüne Rüsselkäfer daran, falls der überhaupt noch da gewesen war. Sie war inzwischen Ende vierzig, was ihr gar nicht recht war. Dem rothaarigen Mann war das egal. Sie fiel ihm zwar auf, interessierte ihn aber nicht weiter. Er sie erst auch nicht, aber dann fiel ihr ein, dass sie ihn vor Jahren wahrscheinlich auf einem Fest gesehen hatte, und dass er ihr da wegen seiner

damals recht langen rostroten Haare aufgefallen war und seiner kleinen, sehr hellen Augen.

    Geredet hatten sie, soweit sie sich erinnerte, nie miteinander. Ein Anderer hatte ihr da besser gefallen. Den war sie aber ziemlich bald leid, und es folgten noch viele im Laufe der Zeit, die ihr immer schneller zu vergehen schien. Inzwischen war sie bei der Rose in dem Vorgarten angekommen und blieb auch einen Moment vor ihr stehen. Der Rüsselkäfer war auch noch da. Vielleicht hat sie ihn sogar gesehen. Auf dem Zaun davor saß an dem Morgen eine Dohle, und ein langer, dicker Bindfaden hatte da gehangen, der an den Enden ausgefranst war. Beide waren inzwischen verschwunden. Jetzt saß auf einem Brückengeländer mit dem Rücken zur Straße ein vielleicht neunjähriger Junge mit langen dunkelblonden Haaren und blauer Jacke und ließ den Bindfaden baumeln. Er hatte ihn mitgenommen, obwohl er eigentlich nichts damit anzufangen wusste, und das wusste er auch jetzt nicht. Er saß da nun schon ziemlich lange und ließ den Bindfaden baumeln, obwohl ihm das eigentlich langweilig war. Aber es fiel ihm nichts Besseres ein, was er hätte tun wollen.

Am Tag vorher hatte er auf einem kleinen Teich umgeben von ein paar Dohlen ein Schiffchen aus Zeitungspapier schwimmen lassen und danach unten an der Mauer am Anfang der Straße mit einem Grashalm eine Kellerassel gekitzelt, ohne überhaupt zu wissen, was für ein Tier das war. Zwei Tage vorher hatte er sich mit dem Zählen bestimmter Autokennzeichen beschäftigt und davor mit dem Sammeln bunter Glasscherben oder dem Beobachten von Wolken, besonders wenn der Himmel langsam rot wurde. Aber zu all dem hatte er jetzt keine Lust mehr. Aber als ihm plötzlich der Bindfaden aus der Hand glitt und unten mit dem Fluss davonschwamm, war er doch ein bisschen traurig. Und er merkte gar nicht, dass derweil hinter ihm langsam der große rothaarige Mann vorüberging. Zur selben Zeit ging über den Friedhof an der Karl-Marx-Straße ein Tier mit genau so roten Haaren spazieren, ein Fuchs, der ein bisschen zerzaust aussah und sich dort hin und wieder sehen ließ. Jetzt kam er gerade an einem großen schwarzen Grabstein vorbei, mit drei Namen in verschnörkelter Schrift, umgeben von Ornamenten und Efeuranken. Davor wuchsen zwischen Gräsern kleine blaue

Glockenblumen, und am Wegrand liefen ein paar Feuerwanzen herum.

Ebensolche Feuerwanzen waren vor einigen Jahren in großer Anzahl auf dem Gelände einer Klinik gewesen, auf einem Weg, der sonst fast nur von zwei Katzen benutzt wurde und hin und wieder von einer schon ziemlich alten Ratte. Eine Ratte hielt sich auch jetzt gerade unter der Brücke auf, auf deren Geländer der Junge saß. Vielleicht hätte er an ihr ein wenig Freude gehabt, aber sie ließ sich vorsichtshalber nicht sehen. Der Fuchs war inzwischen an der hinteren Friedhofsmauer angekommen, an der drei ausrangierte Grabsteine lehnten, und die beiden Mädchen mit den bunt gefärbten Haaren waren von den Treppenstufen verschwunden, als der ausgefranste Bindfaden an einem aus dem Fluss ragenden Zweig hängen blieb, und die Ratte unter der Brücke wagte sich für einige Momente darunter hervor, aber da saß der Junge über ihr schon nicht mehr auf dem Geländer. Der hatte um die Zeit kurz hinter der Brücke einen Schlüssel gefunden, und obwohl er damit eigentlich nichts anzufangen wusste, hat er ihn erst mal in seine Hosentasche gesteckt.

Dem großen rothaarigen Mann, der kurz vorher an dem Schlüssel vorbei gekommen war, war der nicht aufgefallen, weil er an dieser Stelle gerade zum Himmel hinaufgesehen hatte, um zu beobachten, wie sich dort langsam ein Krokodil erst in eine Katze und dann in ein Murmeltier verwandelte. An einem Trödelladen in der Nähe der Karl-Marx-Straße ging derweil vergnügt gelaunt ein Mann vorbei, der wahrscheinlich schon zwei oder drei Wochen später für immer bei dem Fuchs auf dem Friedhof sein würde. In dem Trödelladen standen unter anderem ein leicht verblichener Globus, eine kleine braune Standuhr, die gerade Mittag und Mitternacht anzeigte, und eine etwa dreißig Zentimeter hohe dunkelblaue Glasvase, die bis vor zwei Monaten noch auf einer Fensterbank in einer Wohnung am Anfang der Fasanenstraße gestanden hatte, wo sie, wenn die Sonne auf sie schien, jedes Mal wunderschön leuchtete. Neben ihr lag lange Zeit eine schwarze Feder, die dann immer wieder einen Schimmer davon mitbekam. Gegen Mittag schien die Sonne an der Murmeltierwolke vorbei auf die Brücke, die Ratte darunter hatte sich derweil zum Mittagsschlaf zurückgezogen, und in der Nähe der Alster

wurde die große dicke Frau vermisst. Sie war wohl doch von dort weggezogen inzwischen.

Manchmal, besonders abends, wenn die Sonne nicht mehr schien, war in dem Zimmer, in dem die blaue Vase auf der Fensterbank stand, sehr viel geredet worden, oft in extrem wechselnden Stimmungen. Da genügte manchmal schon ein Wort, um plötzlich scheinbar alles zu verändern. Davon waren zumeist alle Anwesenden betroffen, auch wenn das, worum es ging, sie eigentlich gar nicht selbst betraf. Besonders wichtig war dann jedes Mal das letzte Wort vorm Abschied, das lange nachwirkte, bei einigen noch bis zum nächsten Wort, das zumeist von ganz woanders herkam. Die blaue Vase und die Feder neben ihr waren derweil kaum beachtet worden, höchstens, wenn mal längere Zeit niemandem etwas einfiel. Während des letzten Gespräches hatte die Maus auf dem Dachboden darüber in der halb geöffneten oberen Schublade einer Kommode gesessen und in aller Ruhe an einem Brief genagt, in dem von einer Begegnung während einer Schiffsreise auf der Wolga vor etwa fünfzehn Jahren berichtet worden war.

Als am nächsten Tag gegen Mittag vor dem Haus eine alte Frau im dunkellila Mantel vorbei

ging, hatte die Spinne oben neben der Dachluke schon lange vergeblich auf eine Fliege gewartet, und an der nächsten Ampel lief ein Eichhörnchen bei Rot über die Straße. In dem Haus dort an der Ecke wohnte jemand, der so viel damit beschäftigt war, etwas zu tun, dass er keine Zeit mehr hatte, um auch mal etwas zu erleben. Der große rothaarige Mann dagegen war mehr darauf aus, etwas zu erleben, als etwas zu tun. Besonders liebte er Konzerte, die draußen stattfanden. Für den nächsten Nachmittag war in der Gegend so ein Konzert angekündigt, und darauf freute er sich schon lange. Obwohl er daran gar nicht dachte, würde er sich da als begeisterter Zuhörer nützlich machen. Wahrscheinlich würde er dort auch zwei Männer treffen, von denen der eine nur ein wenig kleiner ist als er selbst und etwas dicker, und der fast die gleiche grünliche Augenfarbe hat wie die große Frau, die einige Zeit in der Nähe der Alster gewohnt hatte.

Mit ihm würde er seine Begeisterung teilen können, was mit dem, der in dem Haus wohnt, wo das Eichhörnchen bei Rot über die Ampel gelaufen war, wohl nicht möglich sein würde. Bei dem Igel hinter der Hecke würde die laute Musik aus der Ferne so leise ankommen, dass

er ganz sanft von ihr geweckt würde. Und vielleicht würde sie auch bei der alten Frau ankommen, die etwa ebenso weit entfernt seit elf Monaten in einem Heim lebt, weil ihr Geist langsam zu verschwinden scheint, und die doch wunderschön anzusehen ist. Früher war sie manchmal über die Brücke gekommen, auf deren Geländer jetzt der Junge mit dem ausgefransten Bindfaden gesessen hat und unter der die Ratte lebte. Damals gab es dort ebenfalls eine Ratte, und auch das jetzt leer stehende Eckhaus war noch bewohnt gewesen. Vermutlich war zu der Zeit die Schrift an der Mauer am Anfang der Straße noch zu lesen. Aber vielleicht war diese auch noch gar nicht geschrieben.

Dietmar Schwenck
Die Puppe ohne Kopf

Mit Bildern von Irene Müller

Birte ist eine Puppe ohne Kopf. Das geht ja gar nicht! Natürlich nicht, aber in der Puppenwelt ist nichts unmöglich. Auch viele Menschen leben kopflos, man entdeckt es aber nicht ohne weiteres. In ihren Köpfen geht es meistens um Frisuren.

Birte kennt das nicht, denn sie hat keinen Kopf und damit keine Frisurprobleme. Hut und Mütze fallen ebenfalls weg. Was sonst noch? Doch halt, erst mal Birtes Besonderheiten: Aus der einen Hand leuchten die Augen, die andere Hand birgt den Mund, und Birte hört mit den Füßen. Wie bei Hermes die Flügel, sitzen an ihren Fersen kleine Ohren. Also ist alles vorhanden für ein spannendes Puppenleben.

Birte hat eine Tasse zerschmissen.

„Birte, wo hast du nur deinen Kopf?", fragt die Mutter.

Das weiß Birte nun wirklich nicht. Sie hat nie einen besessen. Birtes Eltern arbeiten als Schausteller auf Jahrmärkten. Als ‚Frau ohne Unterleib' und als ‚Starker Mann'. Birte soll auch auftreten, aber sie weigert sich. Den meisten Leuten im Publikum, die sie anstarren würden, fehlt ebenfalls irgendetwas. Man erkennt es an den suchenden Blicken. Entweder Geld, Erfolg, Freunde oder ein neues Auto oder Handy.

Birte will lieber malen. Es gibt eine neue Kunstrichtung, die Po-Art. Das kann Birte auch. Sie malt mit dem Po. Erst die Farben schön dick auf der Holzplatte verteilt, dann daraufgesetzt und hin und her gerangelt. Fertig ist das Po-Art Bild. Feinarbeiten lassen sich mit der Mundhand ausführen. Der Mund bringt es locker fertig, den Pinsel zu halten. Zur Abwechslung führt sie ihn einfach mit den Fingern der einen Hand, die andere mit den Augen schwebt aufmerksam beobachtend darüber. Anschließend zeigt die Malhose ein schönes Batikmuster und das Farbenspiel auf der Platte gleicht einem tanzenden Regenbogen.

Birte geht gern in Ausstellungen. Am besten gefallen ihr die Bilder, auf denen zu sehen ist, was sie sich wünscht. Vor allem Porträts und schöne

Köpfe. Toll findet sie auch Bilder von Puppen, denen etwas anderes fehlt als ein Kopf. Da gibt es welche ohne Arme, ohne Beine und ohne beides. Manche sehen aus wie kleine Monster oder Maschinen.

Birte hat einen Termin beim Puppendoktor. Auf der Busfahrt erregt sie viel Aufsehen. Vor allem, weil die Leute denken, ihr Sitzplatz wäre noch frei. Von weitem erweckt es den Eindruck.

    Der Puppendoktor ist sehr freundlich. Er untersucht Birtes Halsansatz und anschließend probieren sie verschiedene Köpfe, die im Sprechzimmer hinter dem spiegelnden Glas der Vitrine warten. Das macht Spaß. Jedes Mal stellt Birte einen völlig anderen Charakter dar. Aber der richtige Birte-Kopf findet sich nicht darunter. Zuletzt setzt sie sogar einen getrockneten Zierkürbis auf, der eigentlich zur Dekoration auf der Fensterbank liegt. Arzt und Patientin biegen sich vor Lachen. Damit ist der Besuch nicht ganz umsonst gewesen.

Auf der Rückfahrt beschließt Birte, sich die allmählich aufblühenden Sträucher am Straßen-

rand anzuschauen. Endlich wird es Frühling. Wieder staunen die Leute Bauklötze, als Birte ihre Augenhand vors Fenster hält. Dabei kann sie prima darüber nachdenken, ob es in Zukunft wohl mit oder ohne Kopf weiter geht. Von den Verkehrsinseln her nicken ihr die Narzissen mit gelben Glockenröckchen zu, die sie an Stelle ihrer Köpfe tragen. Die Familie der Gräser neigt sich vollkommen kopflos im Wind hin und her. Gleich tauchen ein paar Fische auf und heben ihre Köpfe aus den grünen Wogen.

    Birte summt ein Lied. Die Busstrecke entfaltet das Notenblatt. Der Bus hüpft wie eine Kutsche aus rotem Lack darüber, gezogen von bunt bemalten Karussellpferden, wie Birte sie von Zuhause her kennt.

Birtes Bus-Lied

Hosen, Hosen
Hosen für die Rosen
Steckt ja das gleiche drin
Zahl oder Kopf –
Worin liegt der Sinn?

Rosen, Rosen
Rosen für Matrosen
Steckt ja das gleiche drin
Hut oder Zopf –
Worin liegt der Sinn?

Matrosen, Matrosen
Matrosen für die Hosen
Steckt ja das gleiche drin
Goldener Knopf –
Worin liegt der Sinn?

Hosen, Hosen
Hosen für ...

Plötzlich tippt ihr jemand auf die Schulter. Birtes Augenhand wendet sich um und erblickt einen Jungen, der nur aus einem Kopf besteht. Nicht ganz, darunter lugen zwei dünne Hosenbeine hervor, die lang über das Sitzpolster hängen.

„Hallo, ich bin Henri", sagt der Junge, „musst du auch Nächste raus?"
„Hi, ich heiße Birte", erwidert Birtes Mundhand, „soll ich dir beim Aussteigen helfen?"
„Oh ja, bitte. Du kannst mich einfach unter

den Arm nehmen. Hanta Yo muss aber auch mit."

„Wer ist Hanta Yo?"

„Mein Rollbrett", erklärt Henri. „Den Namen hab ich aus dem Indianerbuch. Er bedeutet ‚Mach den Weg frei'. Dafür wurde vorn eine Klingel angebracht."

„Und das klappt?", will Birte wissen.

„Klar! Aber in der Schule hänseln sie mich deshalb mit ‚Rollmops'. Keine Ahnung, worauf sich die Stockpuppen etwas einbilden."

„Mich nennen sie ‚Marie Antoinette', wegen der Guillotine", beschwert sich Birte. „Dabei müssen sich die Handpuppen gerade melden. Unten herum tragen sie nichts anderes als einen hohlen Stoffschlauch."

Beim Aussteigen wollen die gestaunten Bauklötze der Fahrgäste hinten und vorne nicht reichen. Manche Münder stehen so weit offen, dass ein ganzes Brötchen hineinpassen würde.

„Setz mich zwischen deine Schultern", schlägt Henri vor, „wie einen richtigen Kopf. Und meine Hosenbeine trägst du als coolen Schal. Hanta Yo spielt die Handtasche."

Gesagt, getan. So ziehen sie munter durch die

Einkaufsstraße. Henris Jungenkopf passt wie angegossen auf Birtes kopflosen Körper.
Vor lauter Freude übt sie ein paar Tanzschritte.
Henri singt Birtes Bus-Lied dazu.

„Das ist der Hosen Blues!", jauchzt er.

‚So müsste es immer sein', denkt Birte, ‚jetzt hat die Welt Flügel bekommen.'